FAIRY TALE

百鬼夜行誌

童話卷

阿慢 著

童心未泯～驚悚推薦！

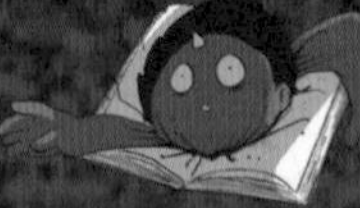

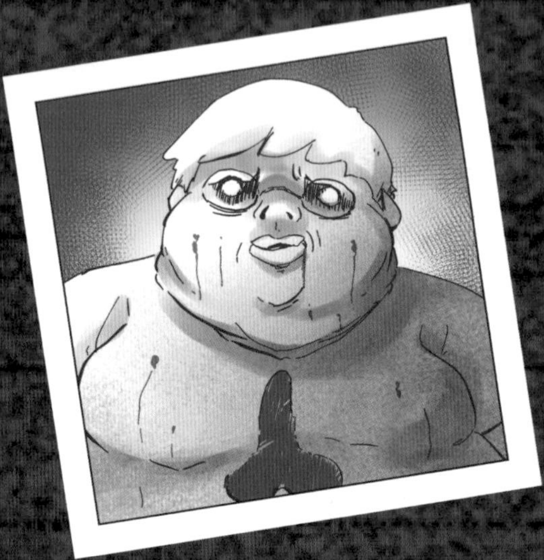

A RAY

奇怪！怎麼一看就停不下來？！

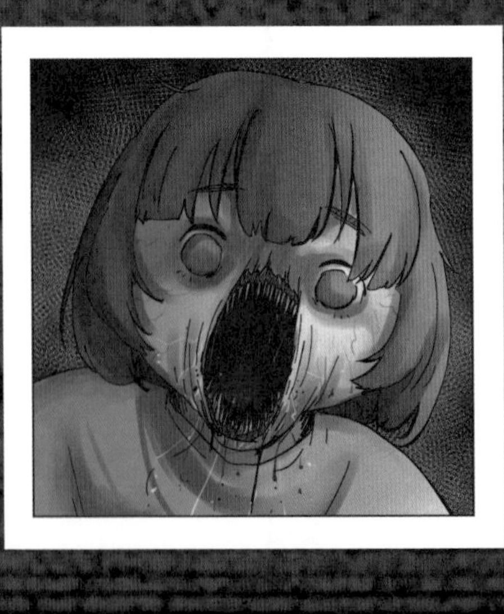

於是日常了 RJ

是番茄汁！到處都是番茄汁！

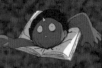

浪味仙貝

一直很喜歡阿慢驚悚又帶點幽默的創作風格，這次更是以大家熟悉的童話故事為主題，非常期待各大經典童話會變成什麼樣貌呢

異色檔案 DKDi 掃

用超展開的恐怖角度，顛覆童話故事總是以幸福快樂做結尾，讀起來真是超過癮！雖然故事內有適度安插笑點，但還是認真警告：不要在晚上閱讀這本書，否則一個人會不敢上廁所！

目錄

前言

辭職!?
主編大人，你要離開了？
畢竟我還有其他人生規劃嘛！
所以呢～
我要暫時……

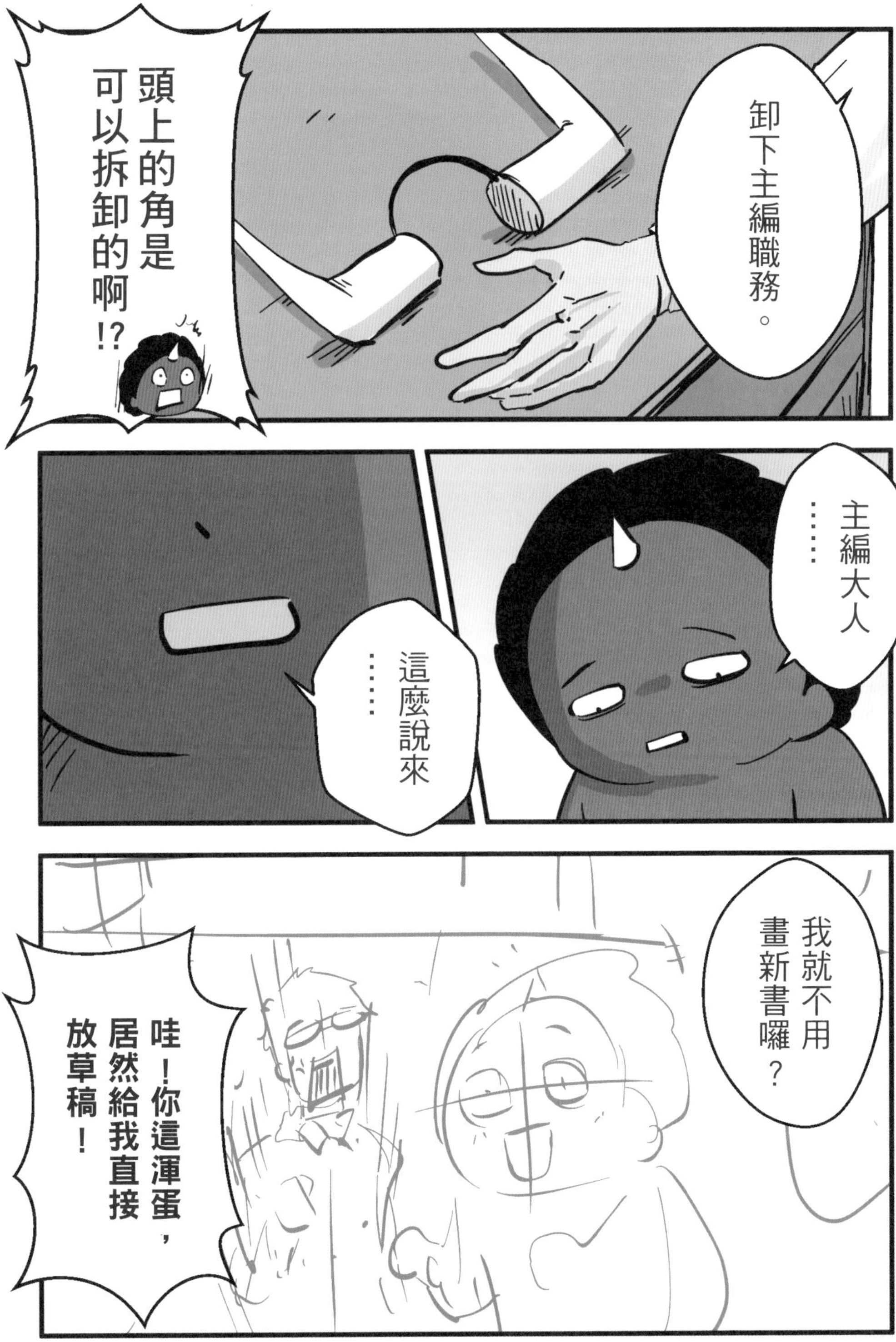
卸下主編職務。
頭上的角是可以拆卸的啊!?
主編大人……
這麼說來……
我就不用畫新書囉?
哇!你這渾蛋,居然給我直接放草稿!

不過不用擔心，你的責編已經準備好了！
啊？
請多指教！
今後將由我擔任阿慢新書的鞭策職務。
責編大……
啪！

叫我
主編女王大人。
快畫！
嘎啊啊啊！
第七本書就
這樣推出囉！

奇幻的童話故事裡面，其實仔細想想，
根本就是恐怖故事吧～～

只有半身的人魚，會動的小木偶，
出現人臉的鏡子，
如果沒有甜美的故事包裝，
這些情節感覺都是怪談的一部分了呢～

這次阿慢我挑戰自我極限，
重新詮釋童話故事，
每篇故事都是不可思議的開始，
絕對顛覆你的想像！

準備好一起進入我的童話故事裡了嗎？
小心……
不要變成童話裡的主角哦……

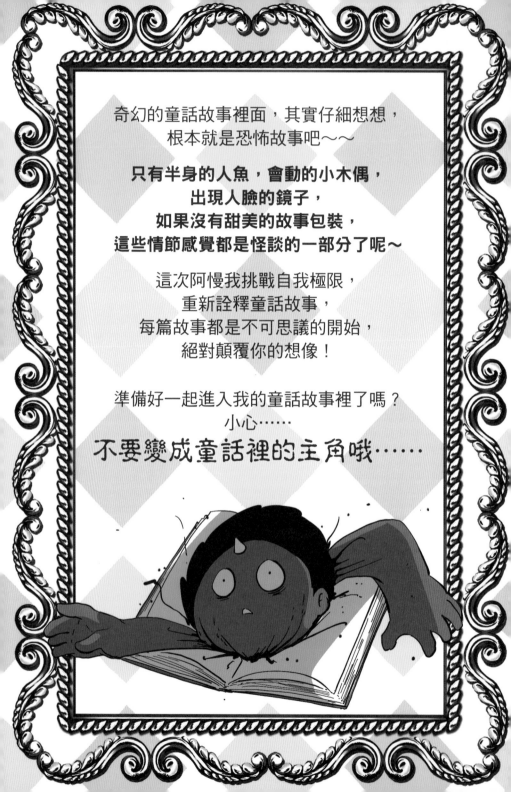

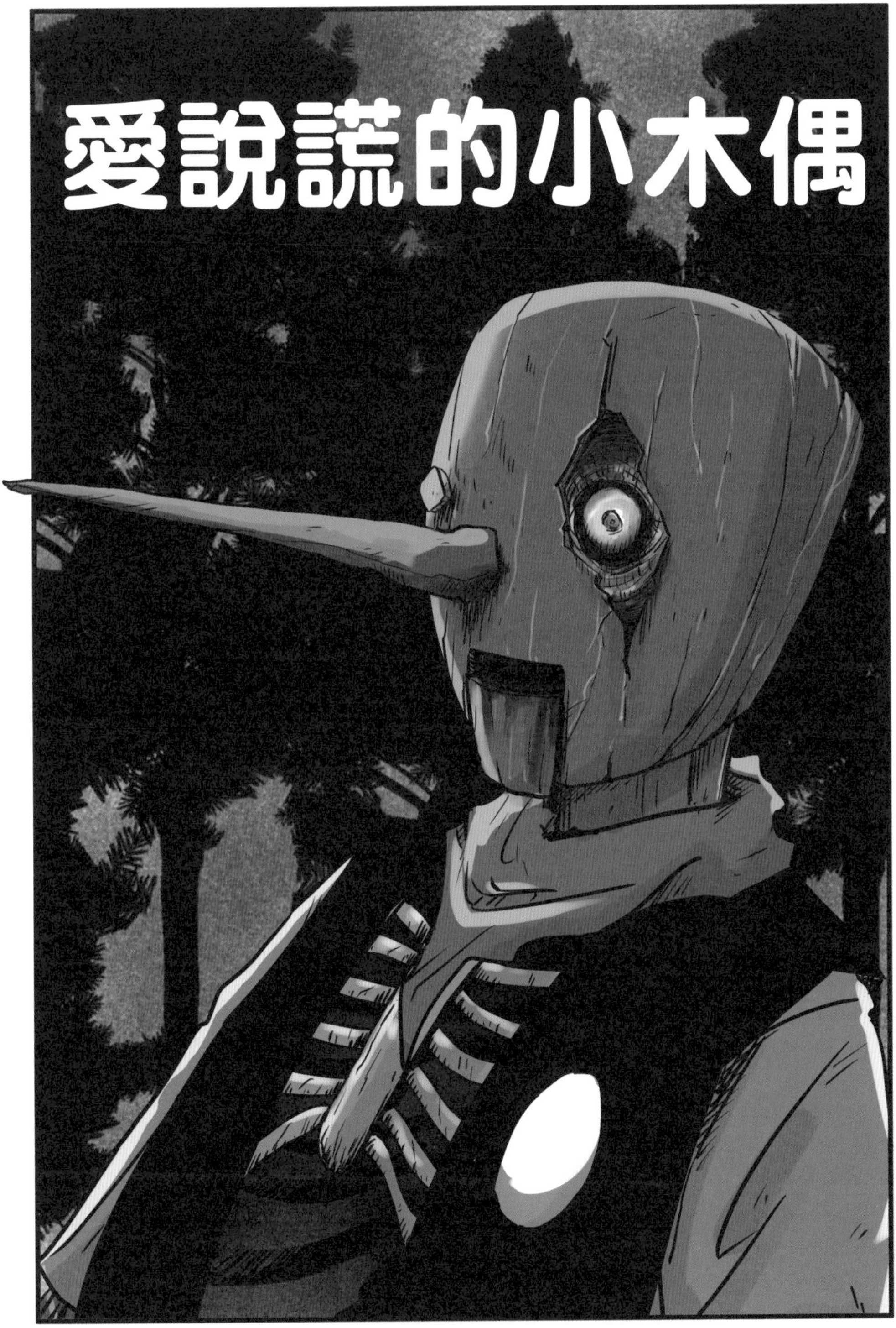
愛說謊的小木偶

不好意思……
唰

可以呀～
我……能不能跟你們一起玩？
等一下！
你長得有點奇怪耶？
等等……

你……你根本就不是人吧?!
咦?
真的耶!你身上都是木頭關節!
妖怪嗎?

我……我才不是妖怪……
但你也不是人啊！
看起來就是一大塊木頭，
幹嘛假裝成小男孩啊？
我是……
你看！
我有雙手雙腳，跟你們一樣……

你的眼睛是假的，動也不會動，才不是小男孩啦！
我……
我……我是……
別碰我！噁心死了！
我是小男孩啊！

怪物！
嘎啊啊啊啊……

呼……
呼……
我才不是怪物……
我不是……

嗚嗚……
小木偶，有什麼煩惱嗎？
不管什麼事情，
都可以交給我**藍仙女**哦……
哇……

太拚了吧！爺爺……
噗咳！
爺爺～～～！
爺爺，身體不好就不要下床走動啊……

看你心情不好，想要安慰你啊！小木偶……
爺爺，為什麼藍仙女當初要給我這樣的身體呢？
你許願希望有人陪伴你，
但為什麼不給我人的身體？
我討厭當個小木偶……

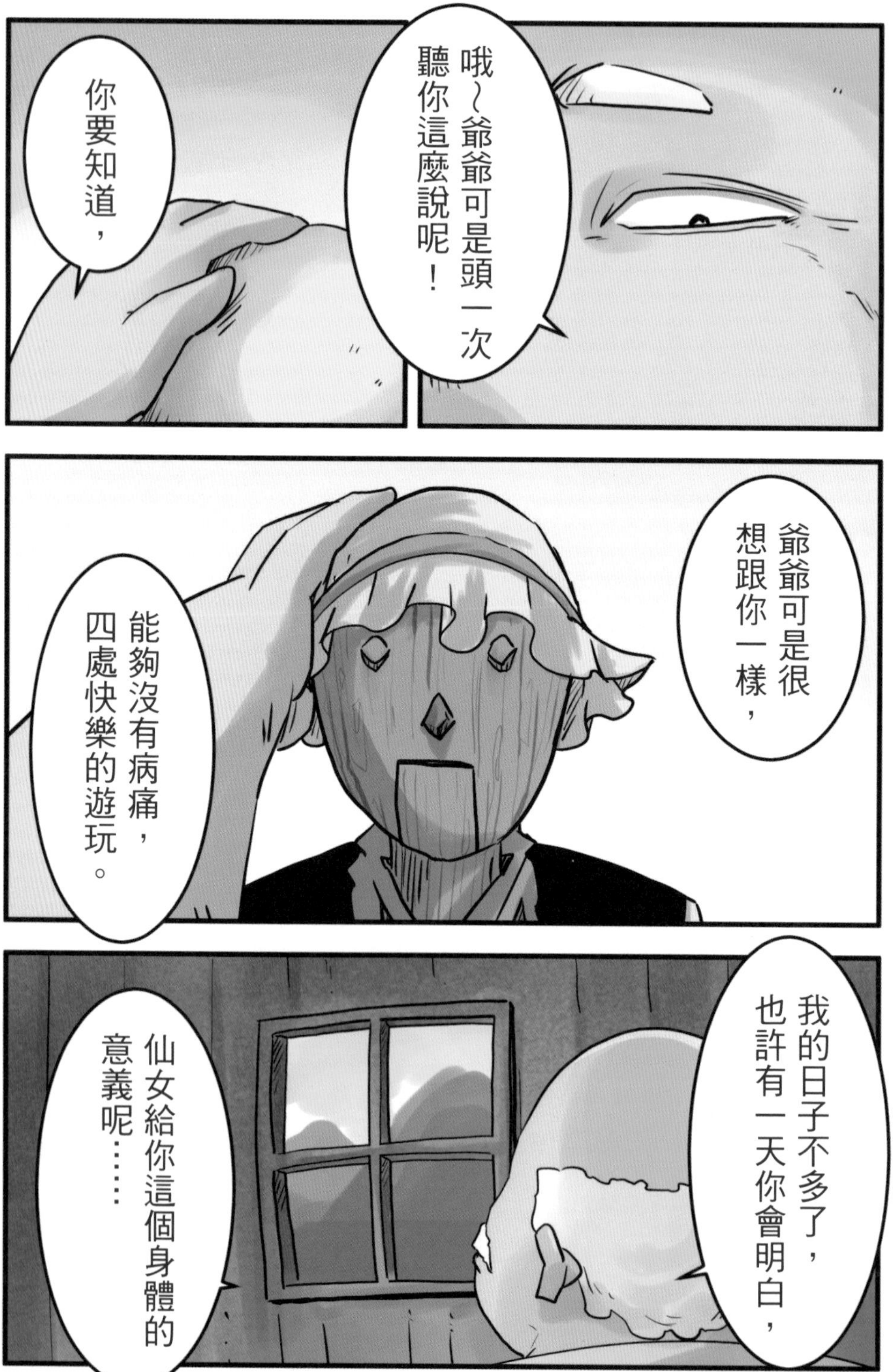
哦～爺爺可是頭一次聽你這麼說呢！
你要知道，
爺爺可是很想跟你一樣，
能夠沒有病痛，四處快樂的遊玩。
我的日子不多了，也許有一天你會明白，
仙女給你這個身體的意義呢……

快睡吧~明早還要早起。
好，爺爺晚安！
嗚……身體好重……
咦？
為什麼……
我會坐在床邊……

怎麼回事？為什麼我在爺爺的身體裡？
噗咳——
呼～
好久沒有那麼輕鬆，再也不用承受痛苦了！
你是誰？我爺爺呢？
……爺爺？

我就是爺爺哦～
小木偶。
什麼?!
當初向藍仙女許願時……
我的願望是，
希望有個永遠不會生病的身體。

藍仙女說，只要你能誠實說出不想再當木偶，
就會把身體換給我。
太好了，你如願以償的變成人了呢！
那麼我要出門旅行了，
再見啦～
等等！
爺爺……
你從頭到尾都在騙我，難道你沒有愛過我嗎？

愛？
你在說什麼啊，小木頭~~
皮諾丘爺爺最愛你了哦！
呵呵……
不要丟下我啊！皮諾丘爺爺~~
自此之後，皮諾丘再也沒有回來過。

小木偶變成爺爺後，
努力的鍛鍊身體，
保持健康，

至今仍在尋找
皮諾丘。

剛剛好的玻璃鞋

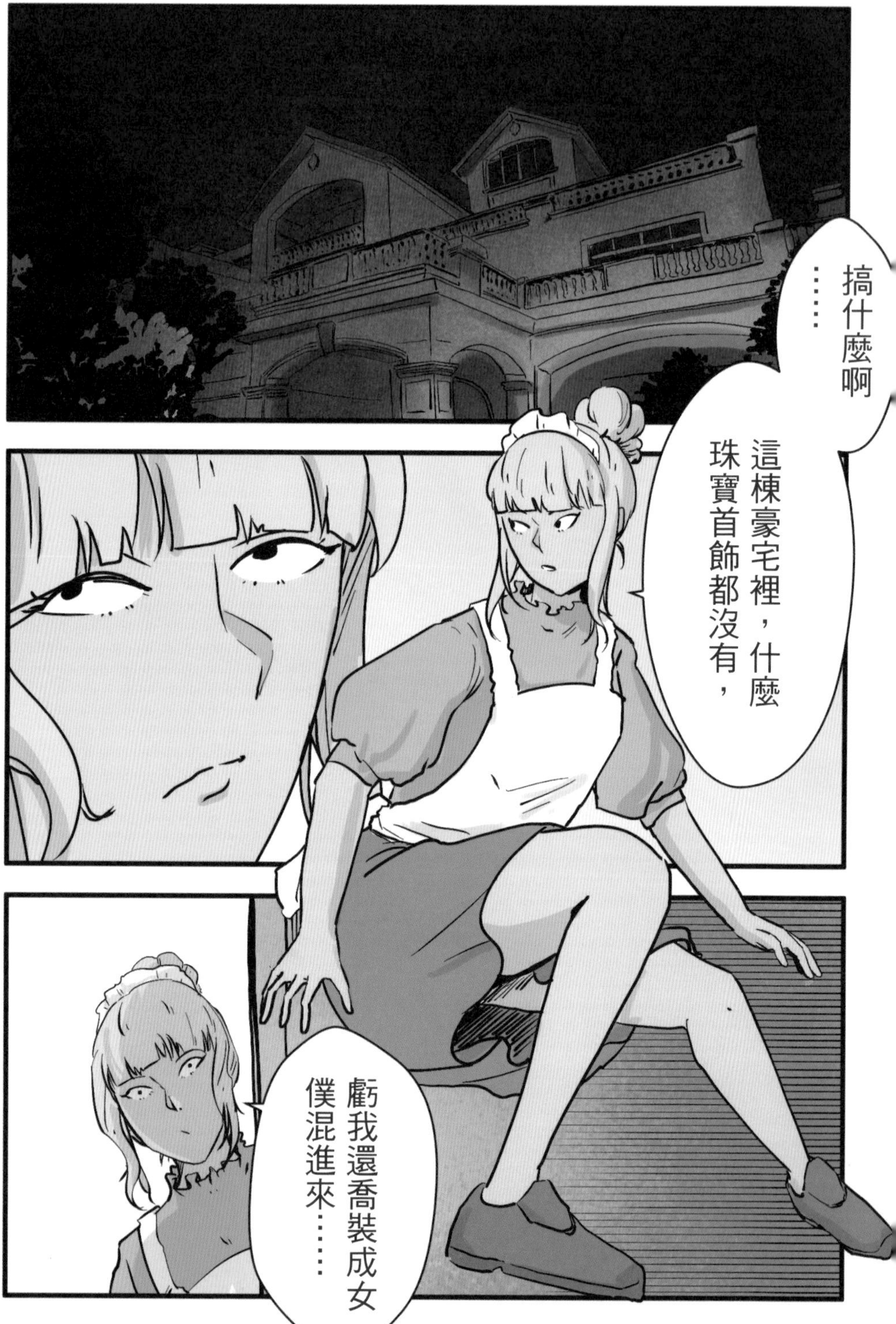

搞什麼啊……
這棟豪宅裡，什麼珠寶首飾都沒有，
虧我還喬裝成女僕混進來……

啊！
找到了！
看起來就很昂貴呢！
這雙玻璃鞋一定價值連城！

ㄉㄚ
ㄉㄚ
ㄉㄚ
天啊！想說試一下……
沒想到那麼剛好～
根本就是最適合穿在我腳上的鞋子嘛！

這雙鞋就由人稱「灰姑娘」神偷的我收下啦~
話說回來，這裡還真大啊……
不曉得樓上還有什麼呢……
嘎吱——
糟糕！有人回來了！

可惡……我還以為這家人出門旅遊了……
嗯……
!?
……面具?
搞什麼……

把東西拿過來。
是的，夫人。
我看看……
啊……真是……

這顆頭
真漂亮……
拿來戴珍珠項鍊，
一定非常適合呢……
屍體？
有錢人家
真是變態……
我要趕快
離開這裡……

!!
糟糕……
叩！
有人跑進來了，快抓住她！
呼……
呼……

呼……
ㄉㄨㄥ
窗戶！太好了！
啊……
小孩子？

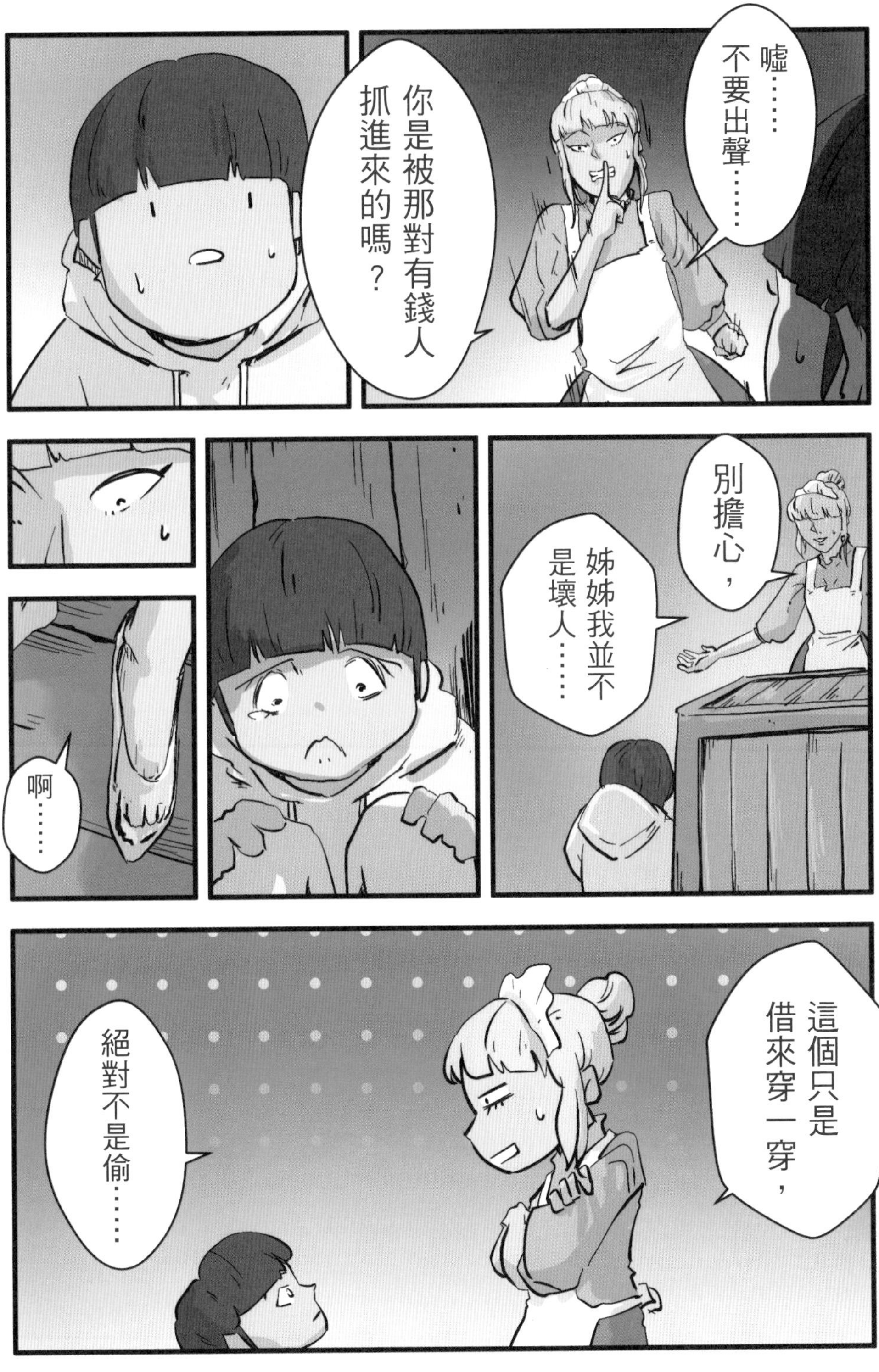
噓……
不要出聲……
你是被那對有錢人抓進來的嗎？
別擔心，
姊姊我並不是壞人……
啊……
這個只是借來穿一穿，
絕對不是偷……

總之，現在最要緊的是先逃出去！
喀！
窗戶外面就是森林啊！
不算太高，應該可以爬下去……
小朋友，快一……

點……
咚！

嘎啊啊啊啊啊啊!!
我的腳……我的腳……
嘻嘻!
你這死小孩!為什麼……

太好了！我的小王子！你找到適合的腳了呢！
媽媽真替你開心！
什麼跟什麼？你們全都瘋了！
拉扯

哇啊啊啊啊啊啊！

果然，要展示美麗的飾品，
還是要放在適合的人身上呢！
別忘了，還有另一隻腳哦！
不……等一下……
求求你們……
我下次不會再偷東西了……
不要啊啊啊啊啊啊……

最適合裝金牙的人。

桃太郎打鬼

老婆，我回來啦~

好大!!這什麼鬼東西啊？哪來那麼大的桃子？
今早洗衣服時，從河面漂過來的……
看起來很好吃呢！
是啊！但是要怎麼切開呢……

哼哼……我砍柴五十幾年了，
這點小事還難不倒我！
這種
東西，
我輕輕鬆鬆
就能……
切成兩半！

!?
老公！你沒事吧？哪裡受傷了嗎？
我沒事，這些好像是桃子的……
話說回來……

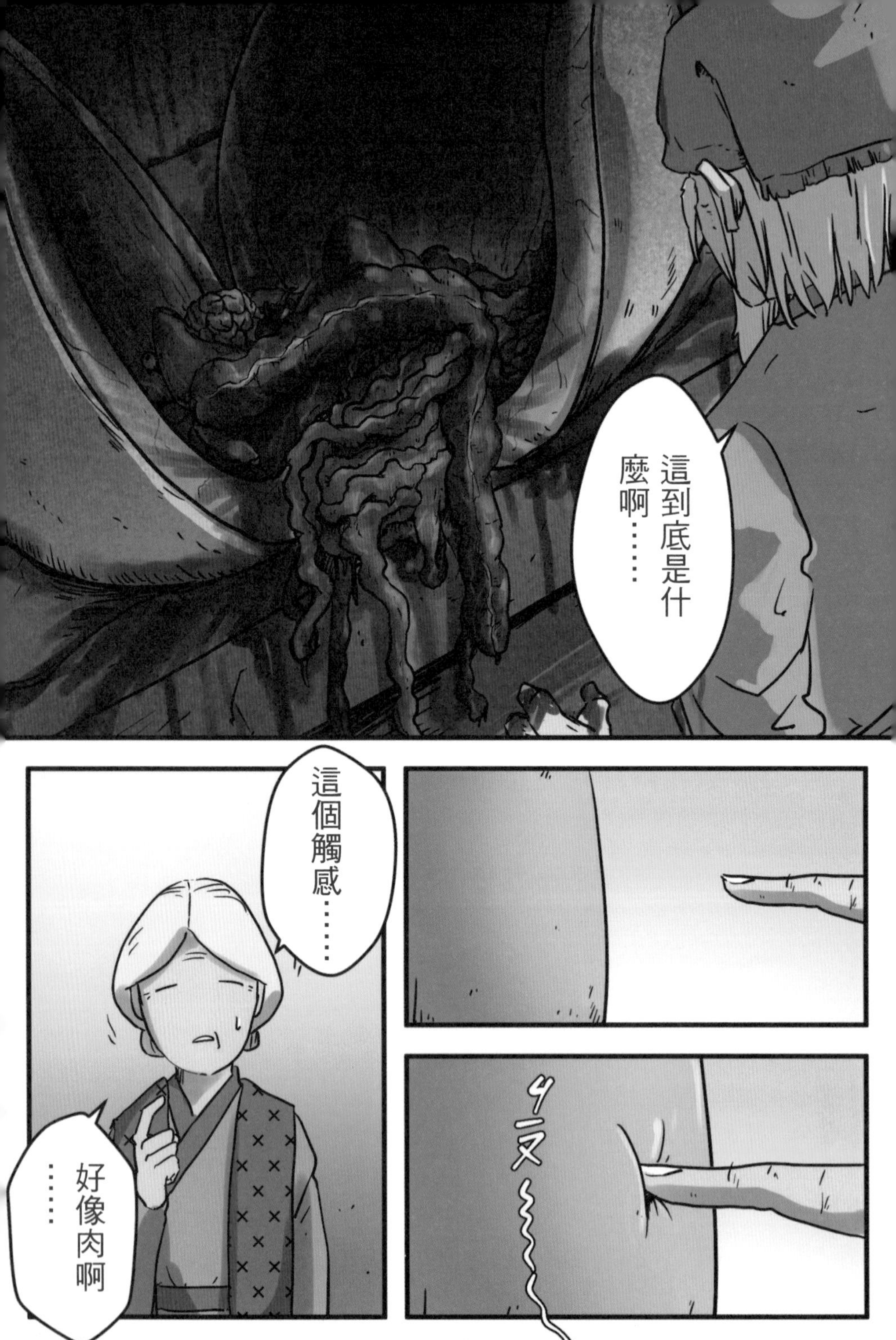
這到底是什麼啊……
ㄐㄡ～～
這個觸感……
好像肉啊……

我們很久沒吃肉了，不如……
真香……
差不多可以吃了吧……
咦？

這是什麼啊？
桃子的皮……好像有張人臉……
剛剛都沒注意到……
先試試看味道……

哇~這肉湯很好喝！
真的耶！肉的味道也好棒！
豬肉般鮮甜，還帶有桃子的風味，
這肉湯可以吃上好幾餐了呢！
叩！叩！
請問有人在嗎？
來了！
ㄌㄚ
有什麼事嗎……

不好意思
打擾了……
欸……？
我是桃太郎。

他們是我的手下，
我們一行人旅行途中來到這座島，
我家小孩意外從橋上落入河裡，
想請問你是否有看到任何小孩……
老大！
快看！

兒子啊啊啊啊！
什麼？
這是你的小孩!?
太殘忍了……怎麼可以……
居然把小孩煮來吃掉……
你們兩個……
是惡鬼吧……

惡鬼？
大人請息怒……
其中一定有什麼誤會，對吧……
老婆……
咿啊啊啊啊！

老婆……
殺……
我要殺……
殺死你們這些惡鬼！

讓桃子掉入河裡的兇手。

公寓的長髮

到了！
foodslow
這地方真是有夠偏僻的！
應該是這裡沒錯吧……

好老舊的公寓……
我已經抵達囉！
叮咚
我已經抵達囉！
請送去旁邊巷子裡有頭髮的位置
頭髮？

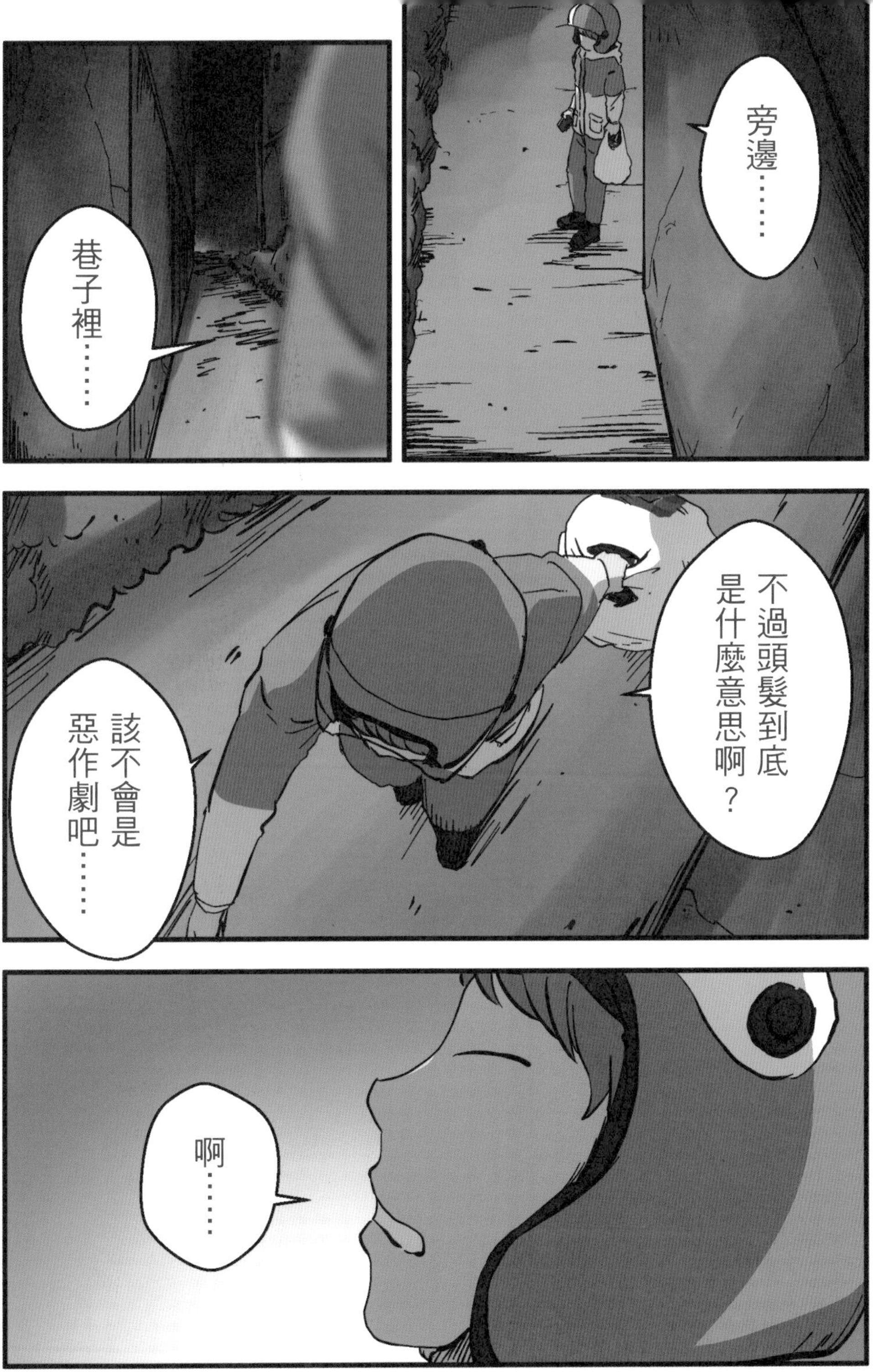
旁邊……
巷子裡……
不過頭髮到底是什麼意思啊？
該不會是惡作劇吧……
啊……

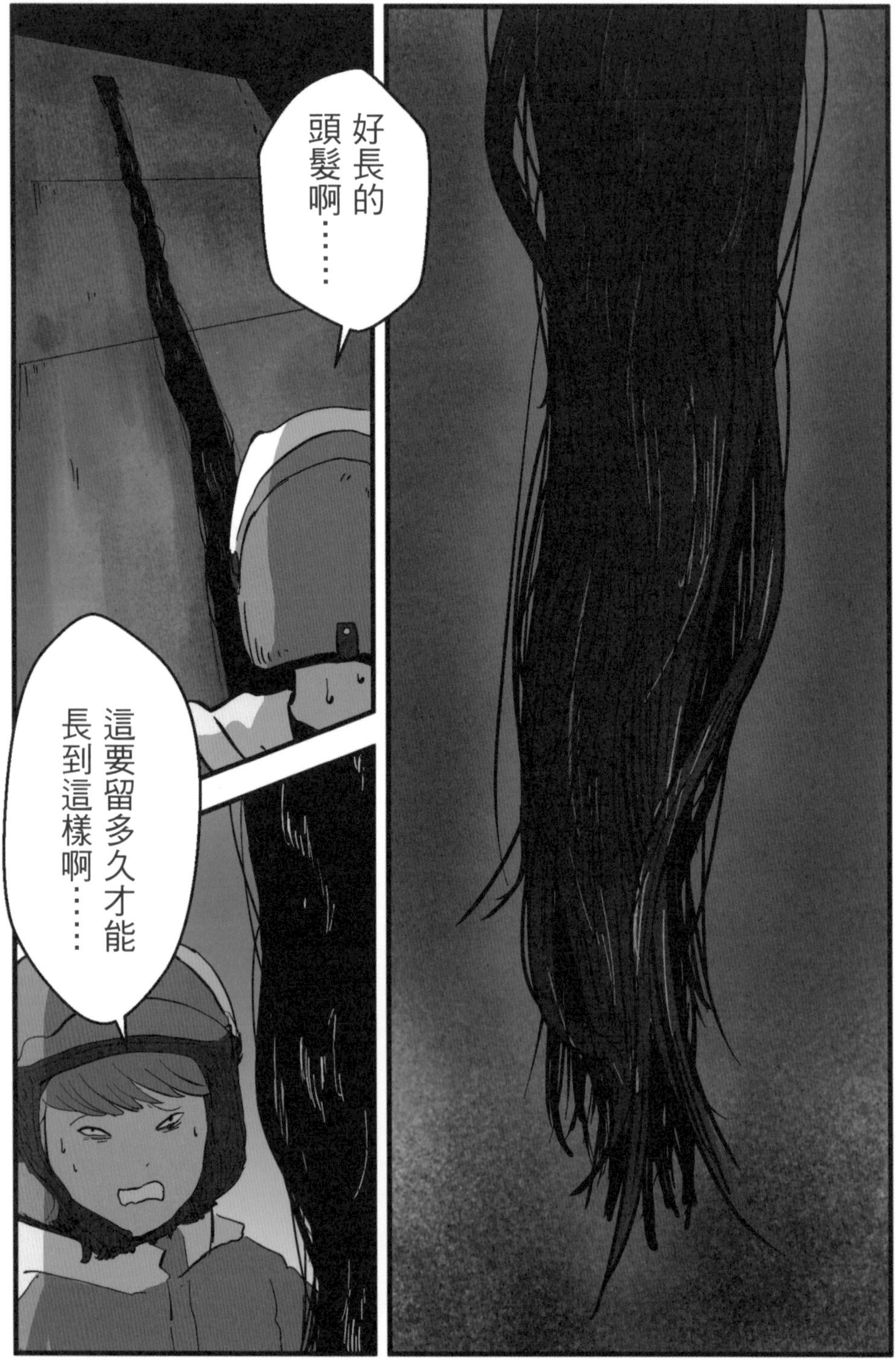

好長的頭髮啊……
這要留多久才能長到這樣啊……

叮咚
因為不方便下樓，
請將餐點綁在頭髮上。
……
終於綁好了！
啊！往上拉了……

那麼多肉，吃得完嗎……
真是奇怪的經歷……嗯？
啊啊！
飲料忘記拿了！
糟糕！要是她去投訴我，
那就慘了！

呼呼……
看了一下地址資料，應該就是這間沒錯……
小姐！我是剛剛的外送員，
咚
咚
不好意思，妳的飲料我忘記給了……

嘰——
門沒鎖……
小姐！那個妳的飲料……
喵嗚～～～
衝入
哇啊啊啊！

糟糕！貓跟老鼠跑進去了……
小姐，不好意思……
打擾妳了，妳的飲料……
怎麼沒反應啊？

小姐，妳還好嗎？
嘎啊啊啊啊啊！

怎麼會有一具乾屍在這……
那這樣……到底是誰叫的餐點？
嗯？
頭髮……

喵嗚！
什麼!?
剛剛的貓跟老鼠……
還有外送的餐點……

難道說，是頭髮……
身體死亡後，頭髮為了活下去，開始找食物吸收養分!?
糟糕，要趕快離開這裡……
!!
頭髮……纏住我了……等等……好痛！

不……
不要啊……
叮咚
我要開動了

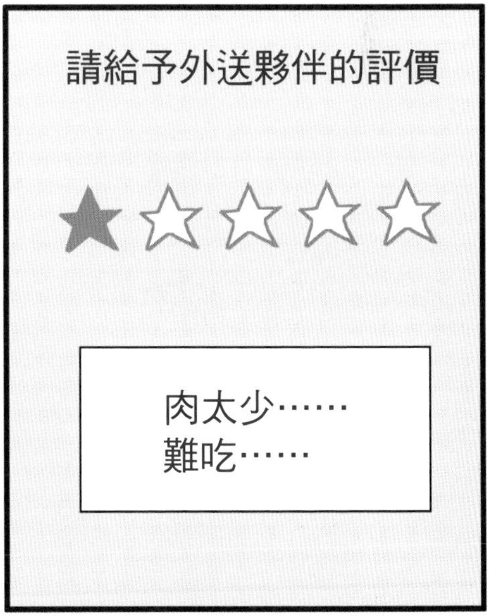
請給予外送夥伴的評價
肉太少……
難吃……

白雪與魔鏡

真是的，
趕快幫忙整理啊！
好累哦！媽媽！

剛辦完外婆的喪禮，
還有很多事情需要整理呢！
不要抱怨啦，動起來！
好啦！
掉落
咦？
什麼東西啊？是照片……

這是誰啊？好可怕……
是白雪姊姊，好懷念啊……
白雪姊姊？

相簿
是我同父異母的姊姊，
她是妳外公跟前妻生的小孩。
不知道為什麼，外婆非常不喜歡白雪姊姊……

當時前妻生下白雪沒多久就去世了，
那些胎記一出生就有了。
妳外婆總是說她是被詛咒的怪胎。
原來我有阿姨啊！
那她現在人在哪裡呢？
被外婆……
殺死了……
蛤？

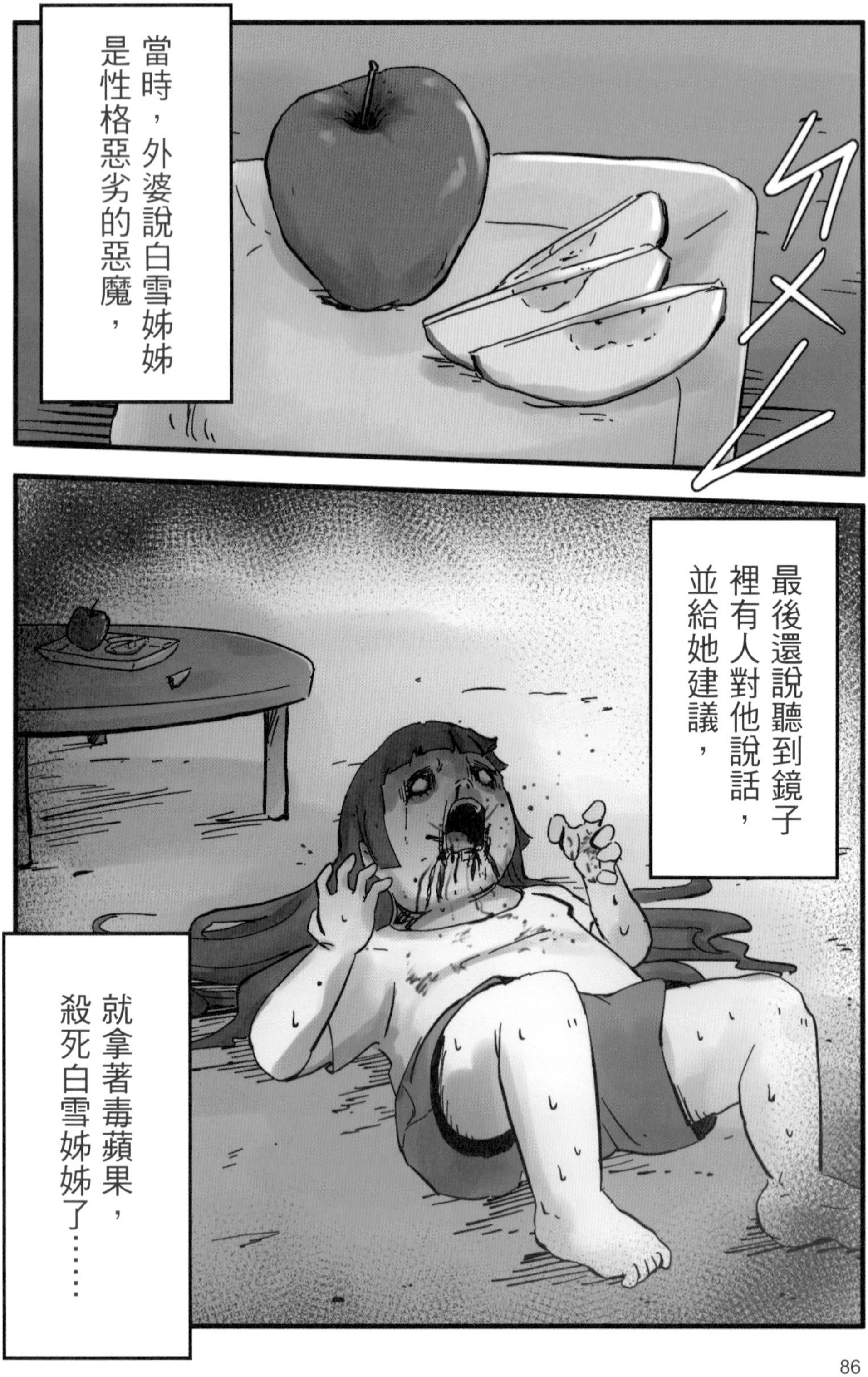
當時，外婆說白雪姊姊是性格惡劣的惡魔，
ㄉㄨㄥ
最後還說聽到鏡子裡有人對他說話，並給她建議，
就拿著毒蘋果，殺死白雪姊姊了……

可是在我的記憶裡，
某一年家中的寵物過世了，
白雪姊姊抱著狗狗的屍體，
那哀傷的表情，讓我印象深刻……
她絕對沒有外婆說得那麼可怕。

要是白雪阿姨還在，一定會很疼我！
講得好像我對妳很不好一樣！
快去做事！
好～～
ㄍㄨ
ㄍㄨ
魔鏡啊～～
魔鏡啊～～～

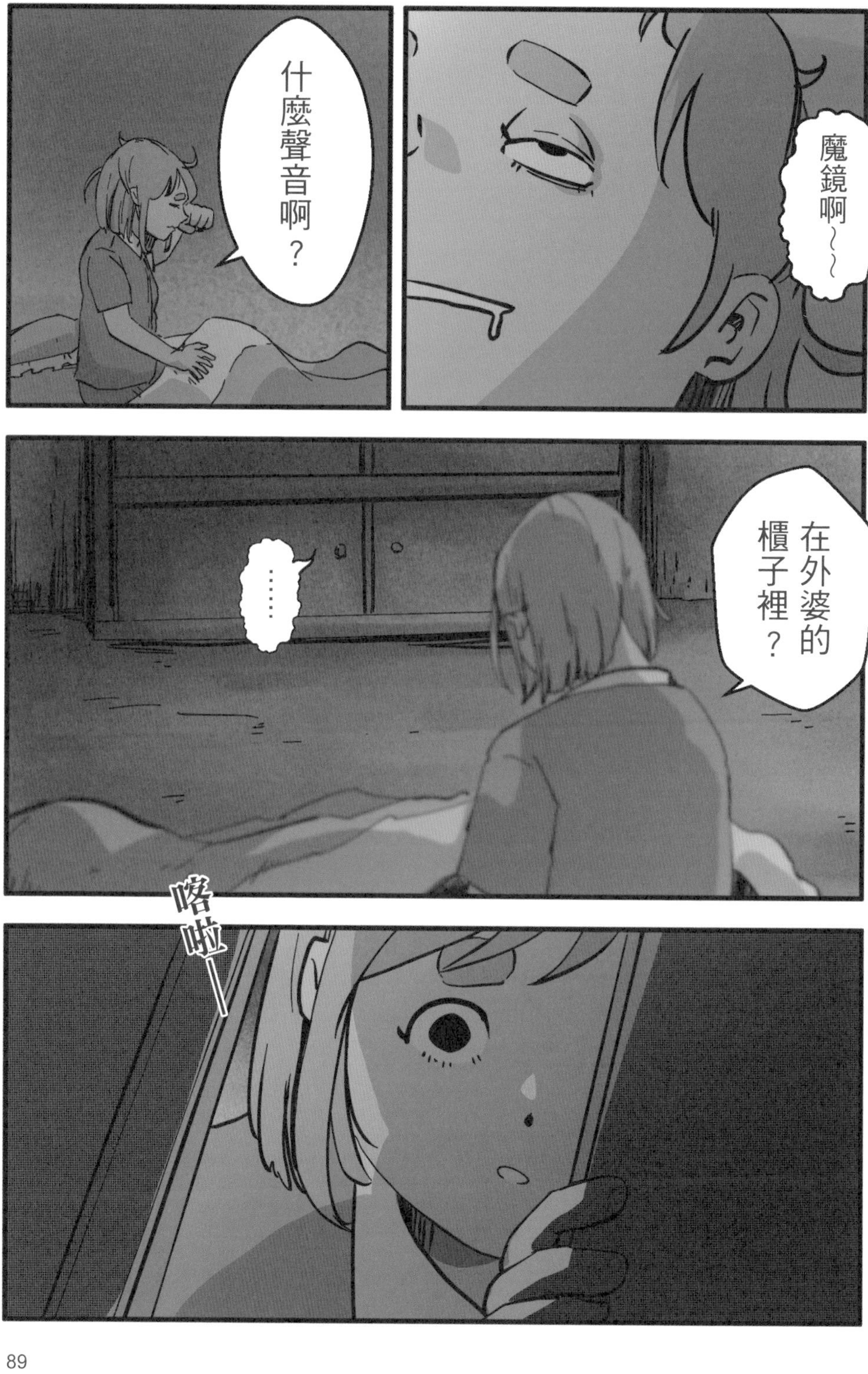
魔鏡啊～～～
什麼聲音啊？
在外婆的櫃子裡？
……
喀啦——

魔鏡啊～～
請……
請你回答我……
我現在到底……該怎麼辦呢……

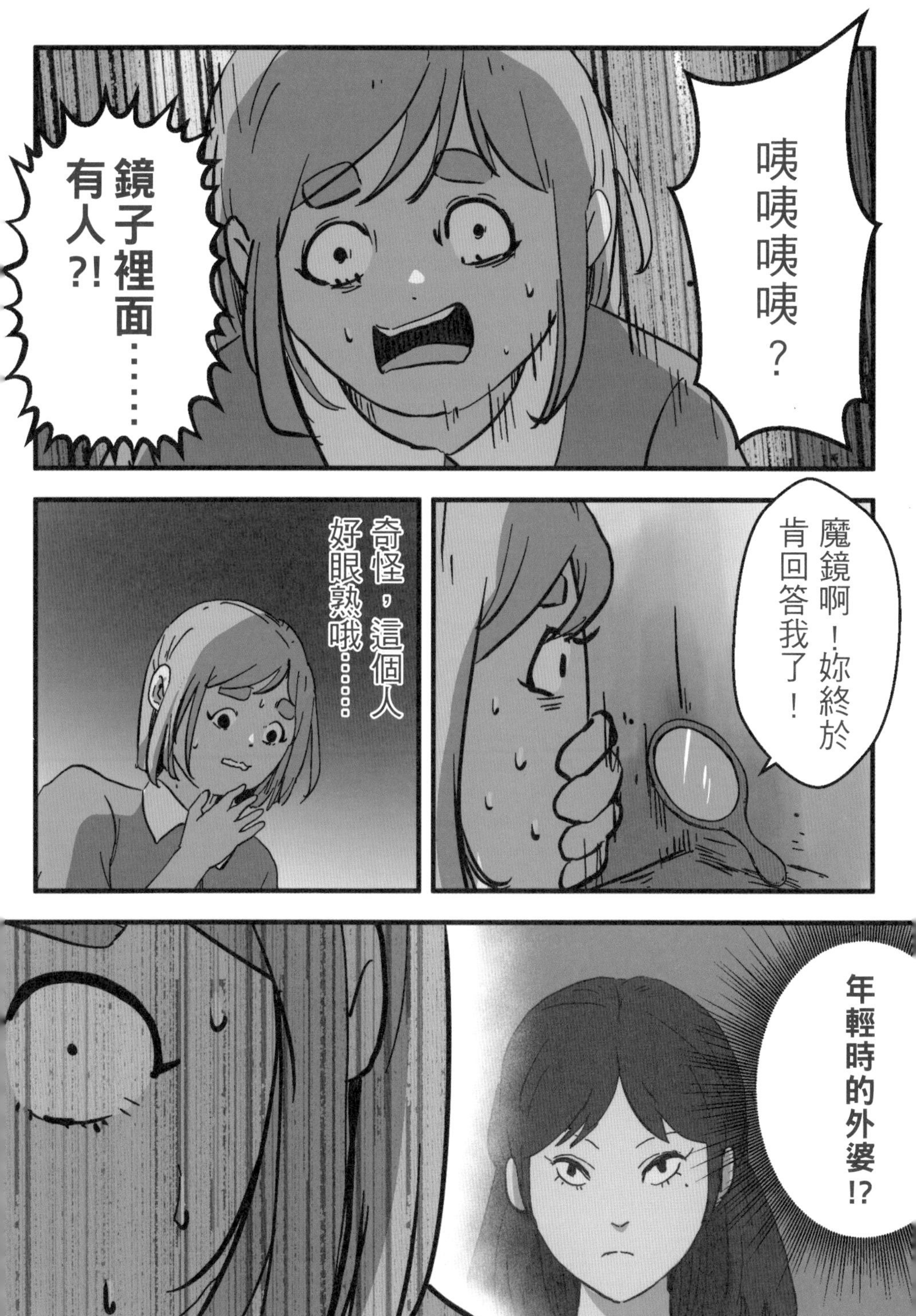
咦咦咦咦？
鏡子裡面……有人?!
魔鏡啊！妳終於肯回答我了！
奇怪，這個人好眼熟哦……
年輕時的外婆!?

這麼說來……我就是那個鏡子裡的人？
請妳聽我說，
我的老公跟前妻生了一個女兒叫白雪，
本來我想把她當成親生女兒一樣疼愛，
後來卻發現她的性格極度扭曲惡劣，
之後我便開始疏遠她，
深怕她之後，會傷害我自己的女兒……

我已經好幾次看見白雪，對著自己背上的胎記說話，
還拿著刀，一臉笑嘻嘻的……

肢解山中各種小動物的屍體，
放進玻璃瓶裡欣賞……

我到底該怎麼辦？
是不是應該趁早殺死她呢？
這個……
白雪姊姊抱著狗狗的屍體，
哀傷的表情，讓我印象深刻……
我想……
妳可以多多了解她，也許她並沒有那麼可怕……

嗚……對不起……我太衝動了……
我會努力當一個好繼母的……謝謝妳……
啊！沒有畫面了……
真是奇妙的經歷，
不知道後來她們過得怎麼樣了呢？

大概一家人快快樂樂的一起吃蘋果吧！
啊？

這是……玻璃櫃？
發生什麼事了？
咦？
媽媽……
嘎啊啊啊啊啊啊！

妳是誰啊！為什麼要殺死我媽媽？
妳們在外面生活這麼久，也不跟家裡聯絡，終於被我找到了……
妳媽沒有告訴過妳嗎？
我是她的姊姊，白雪。

白雪阿姨？妳不是死了嗎？
難道因為我的建議，當初外婆沒有殺掉阿姨，
未來發生變化，產生蝴蝶效應了!?
媽媽說妳人很好，當初還抱著去世的狗狗哭泣……
為什麼現在變成這樣？
抱著狗狗？啊……
傷心啊……

我還沒玩夠就死了，
當然傷心啊～……

果然還是活著的時候解剖最棒了！
我會好好疼妳的哦～～
不要啊啊啊啊啊啊啊！

白雪阿姨！不要再刮玻璃了！
叫姊姊！
很介意

深海美人魚

嘩啦——
嘩啦——
叮咚！

來了！
喀！
請問……有什麼事嗎？
不好意思……

請問這個人住在這裡嗎？
嘩啦—
嘩啦—

喝杯熱茶吧！
妳要換件衣服嗎？
沒關係！
我喜歡這件外套！
不是！外套都溼掉了啊！

這男生的確住在這裡，
他今天加班，會晚一點回來。
妳找他有事嗎？
嗯……他是……
我一見鍾情的王子。

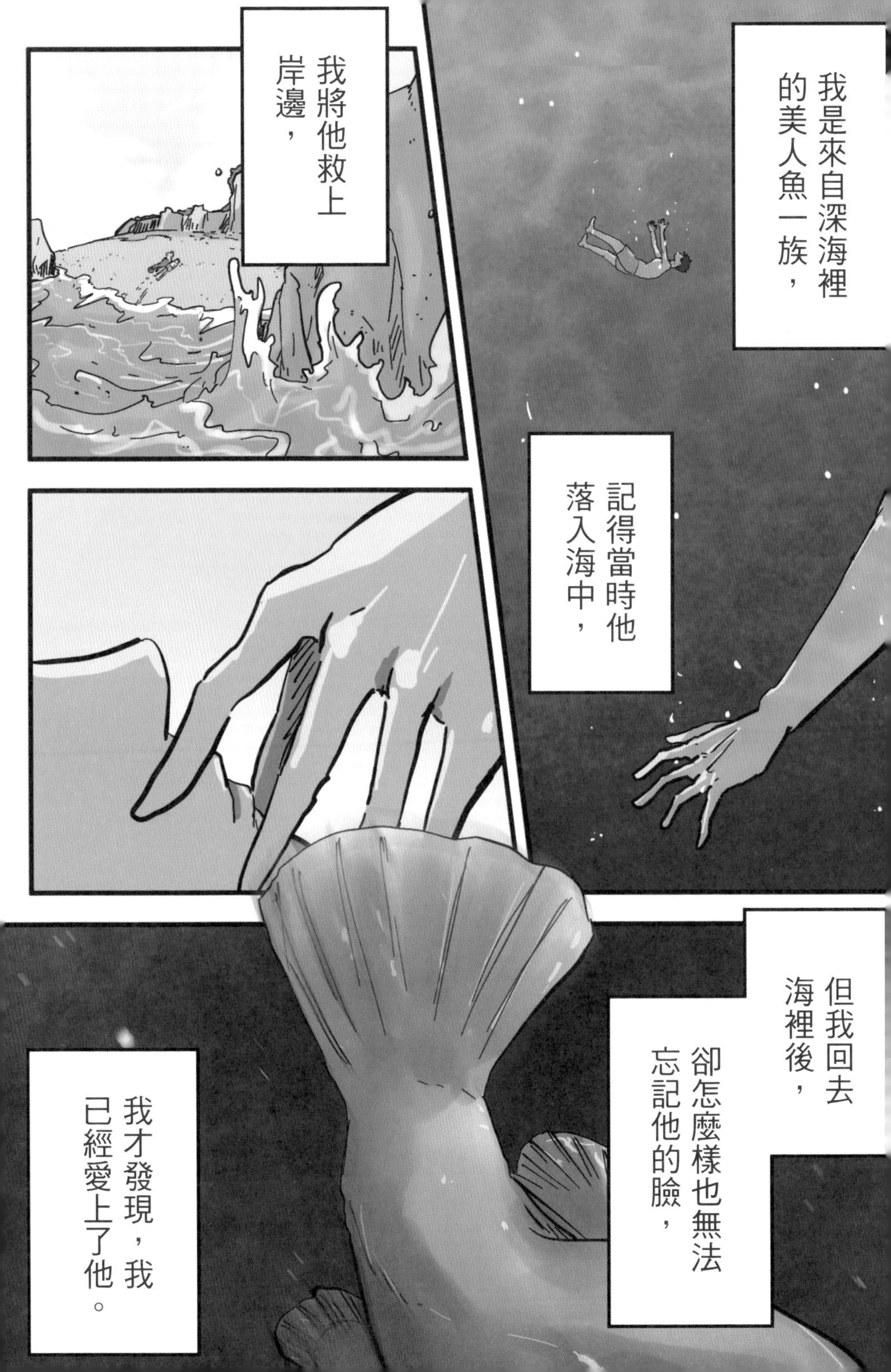
我是來自深海裡的美人魚一族，
記得當時他落入海中，
我將他救上岸邊，
但我回去海裡後，卻怎麼樣也無法忘記他的臉，
我才發現，我已經愛上了他。

為了與他再見一面，
我去找了深海女巫，
用理智交換
了雙腳，
花了好長一段時間
終於找到王子……

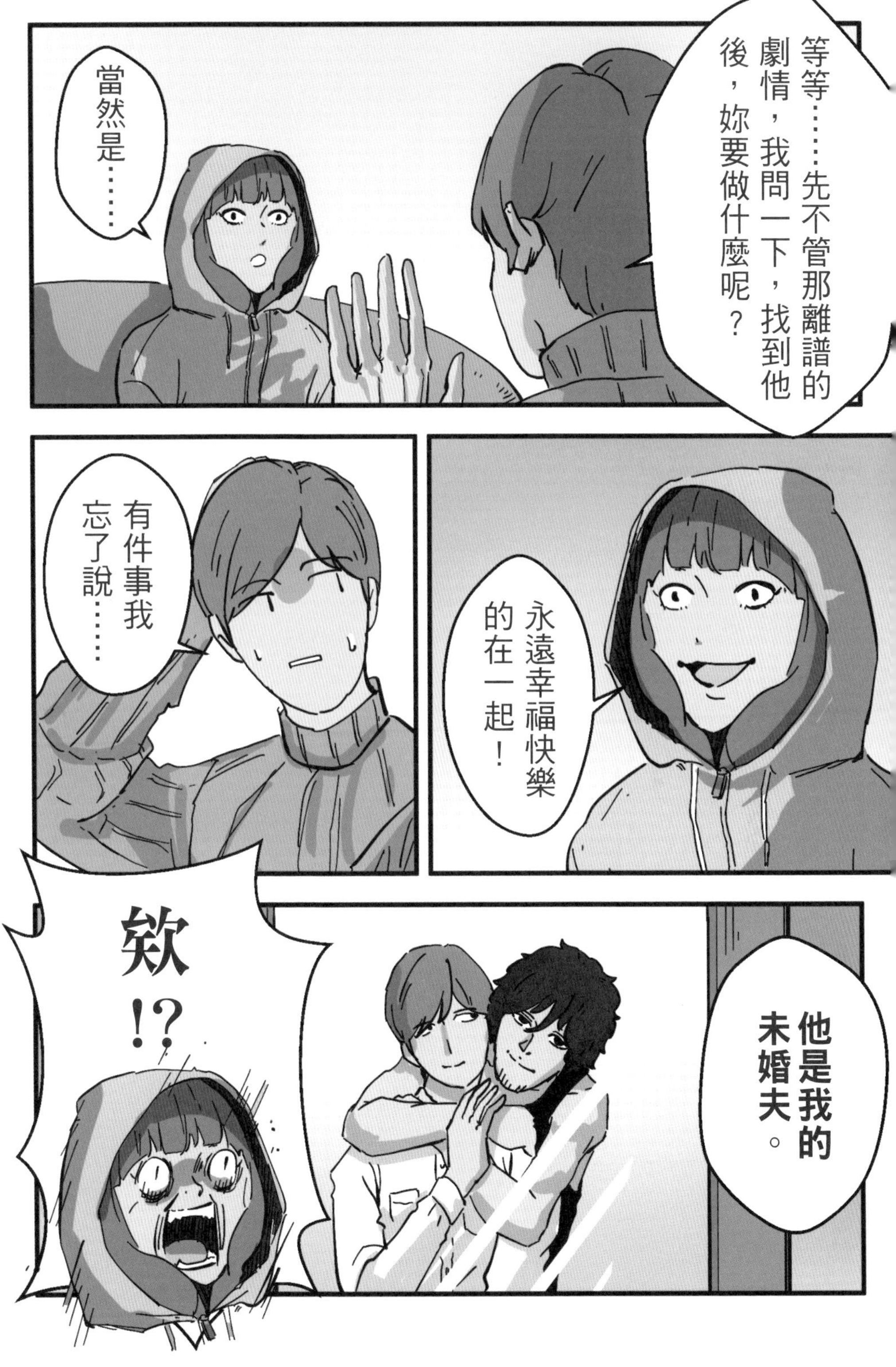
等等……先不管那離譜的劇情，我問一下，找到他後，妳要做什麼呢？
當然是……
永遠幸福快樂的在一起！
有件事我忘了說……
他是我的未婚夫。
欸!?

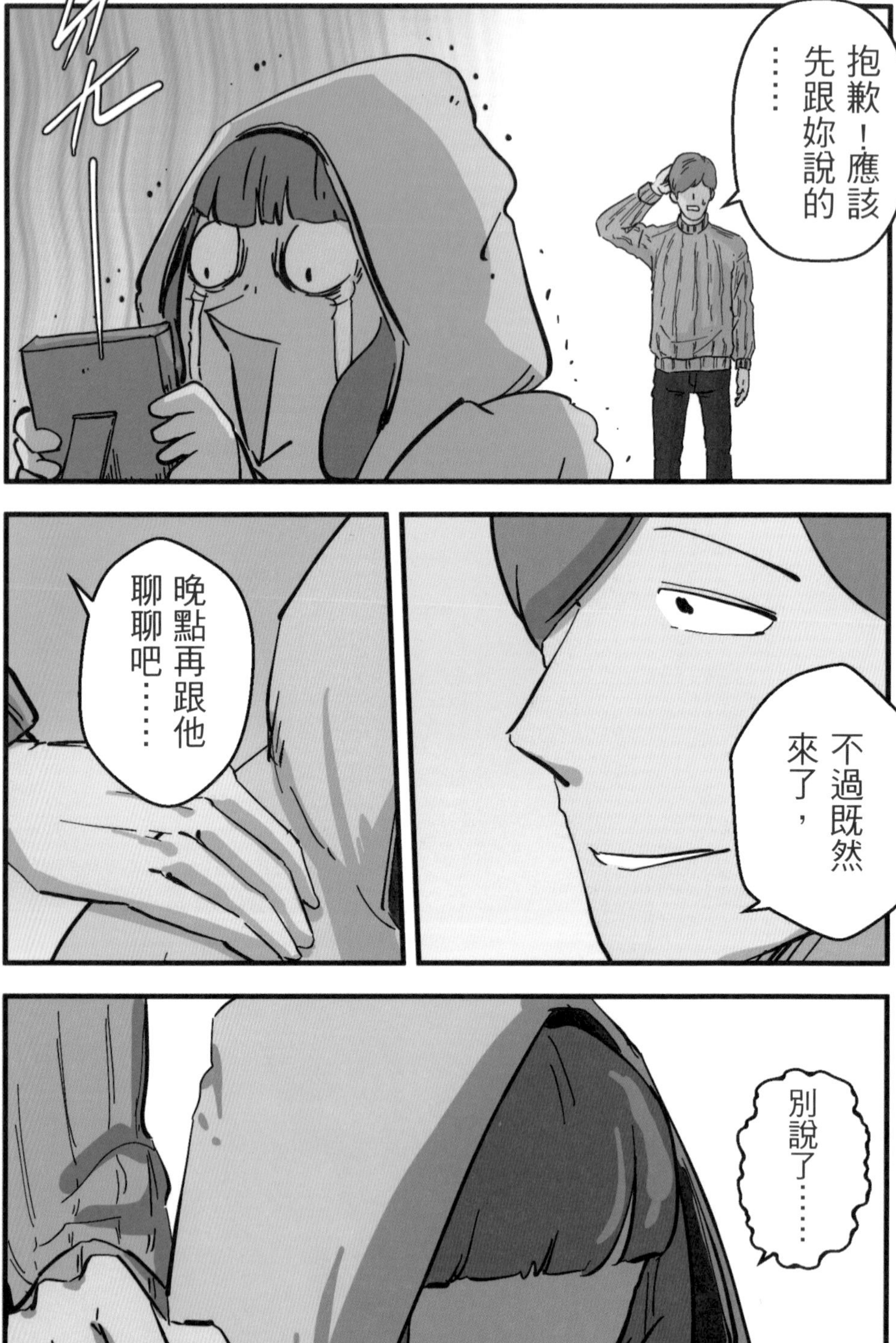
抱歉！應該先跟妳說的……
不過既然來了，
晚點再跟他聊聊吧……
別說了……

啊？
你知道深海裡要找伴侶……
是多麼困難的一件事嗎？
要是你像海裡的泡沫一樣消失就好了……
妳在說什麼啊？

抓住
嗚啊！
力氣好大！
只要你消失，王子就是我的……
放手啊！怪胎！

嘎啊啊啊！頭……頭掉了！
那不是頭……
只是餌球……

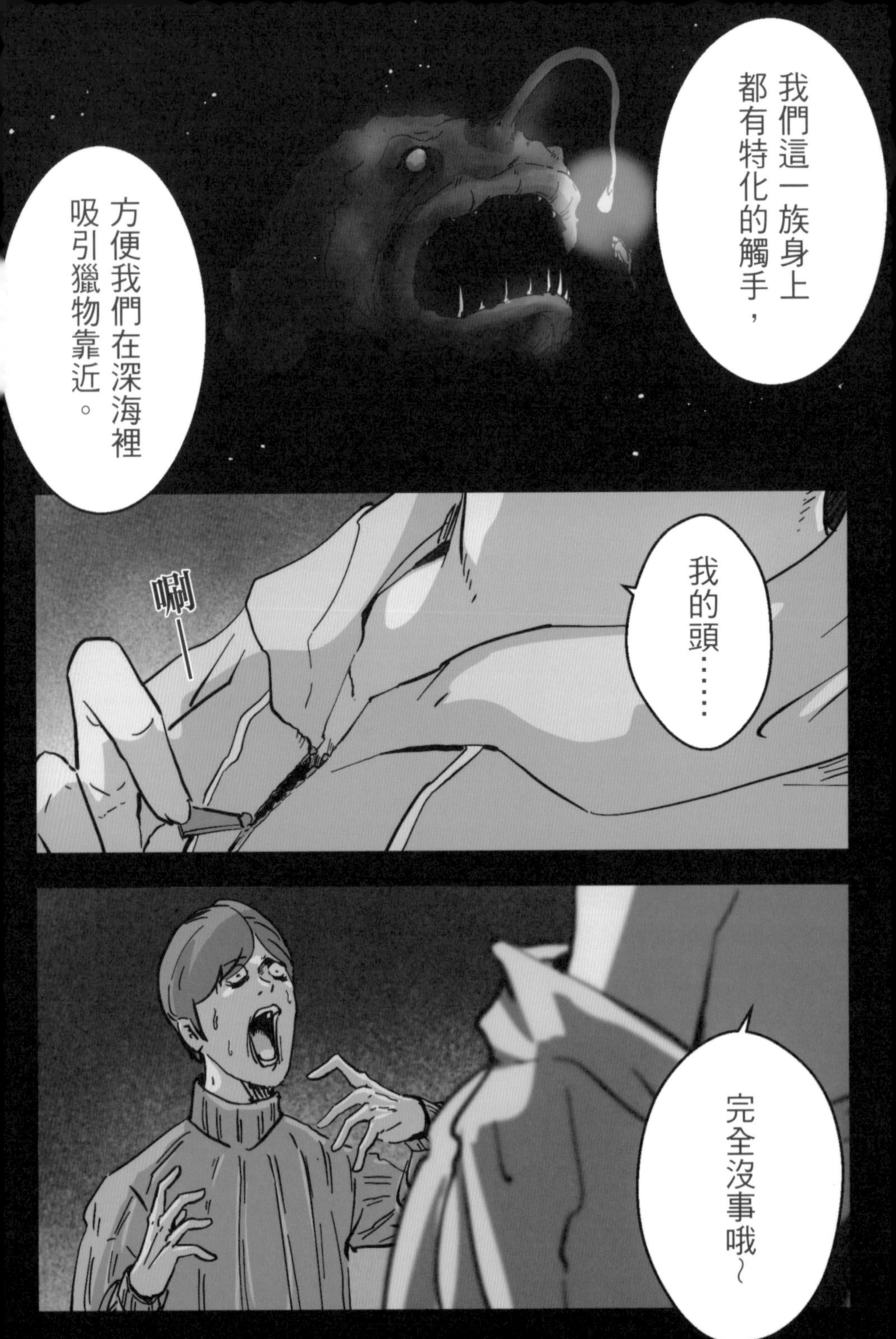
我們這一族身上
都有特化的觸手，
方便我們在深海裡
吸引獵物靠近。
唰——
我的頭……
完全沒事哦～

呀啊啊啊啊！
嘩啦——
喀！
寶貝，我回來囉！
停電啦？
寶貝？
欸？

【深海美人魚・完】

嘎啊啊啊啊啊……
魚的視力不太好。

青蛙王子的詛咒

媽媽，我們回來了！
肚子好餓哦！
妳們回來啦！

快去洗手，準備吃飯了！
今天有做好吃的田雞哦！
姊姊，什麼是田雞啊？
就是青蛙啊！
那可以吃哦？
口感滿像雞肉的。
那妳有沒有聽過，
青蛙王子的故事？

當然有啊！
公主為了答謝青蛙的幫忙，親吻了青蛙，
結果破除青蛙身上的詛咒，變成一位英俊的王子。

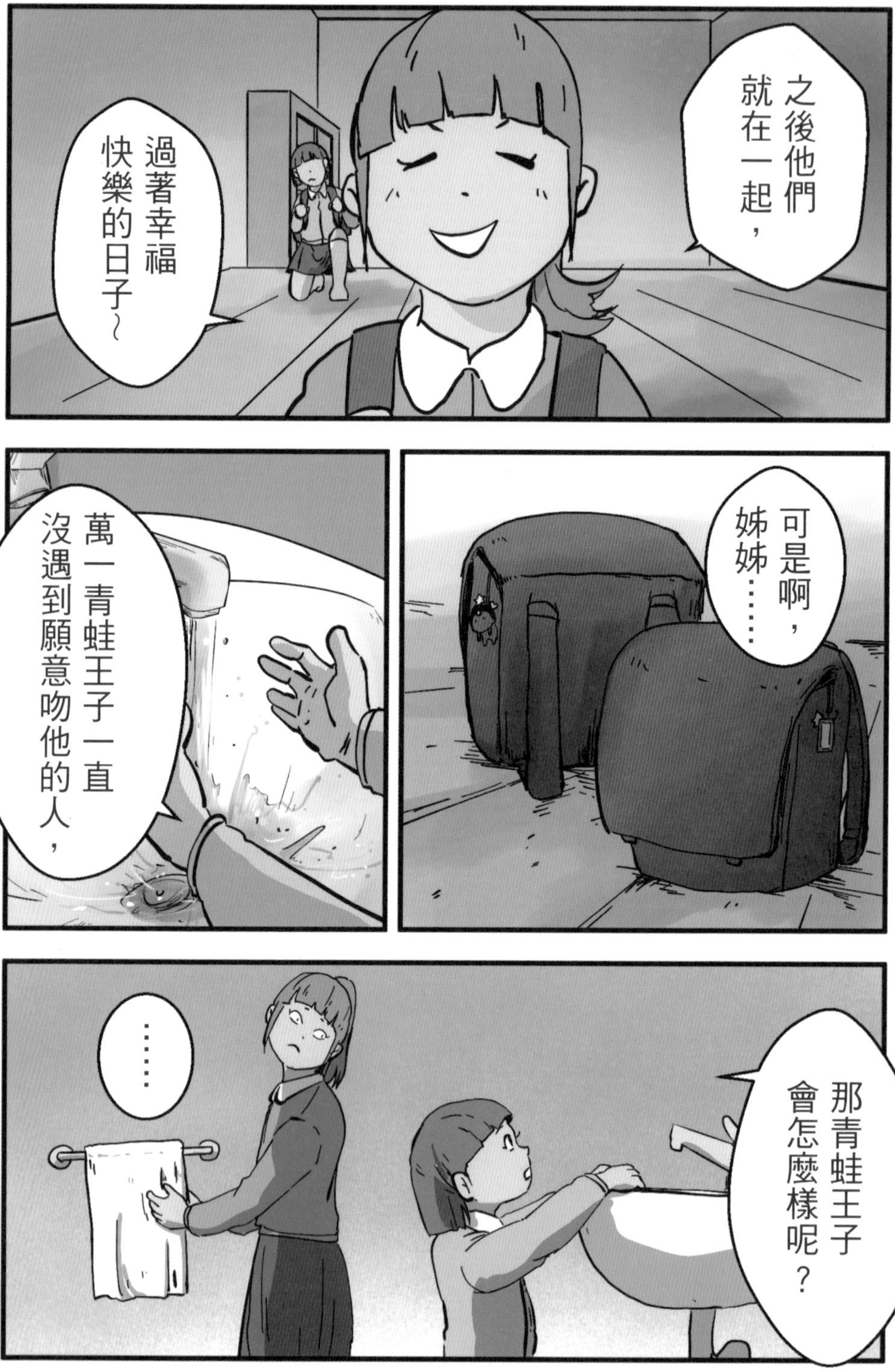
之後他們就在一起，
過著幸福快樂的日子～
可是啊，姊姊……
萬一青蛙王子一直沒遇到願意吻他的人，
那青蛙王子會怎麼樣呢？
……

沒有想過這個問題，
我想……
不是被蛇吃掉，
就是被鳥叼走吧！

那麼萬一青蛙王子就這樣活了下來，
然後……
跟其他的青蛙生小孩，
那小孩是人還是青蛙？身上也會有詛咒嗎？
這……我也不知道……

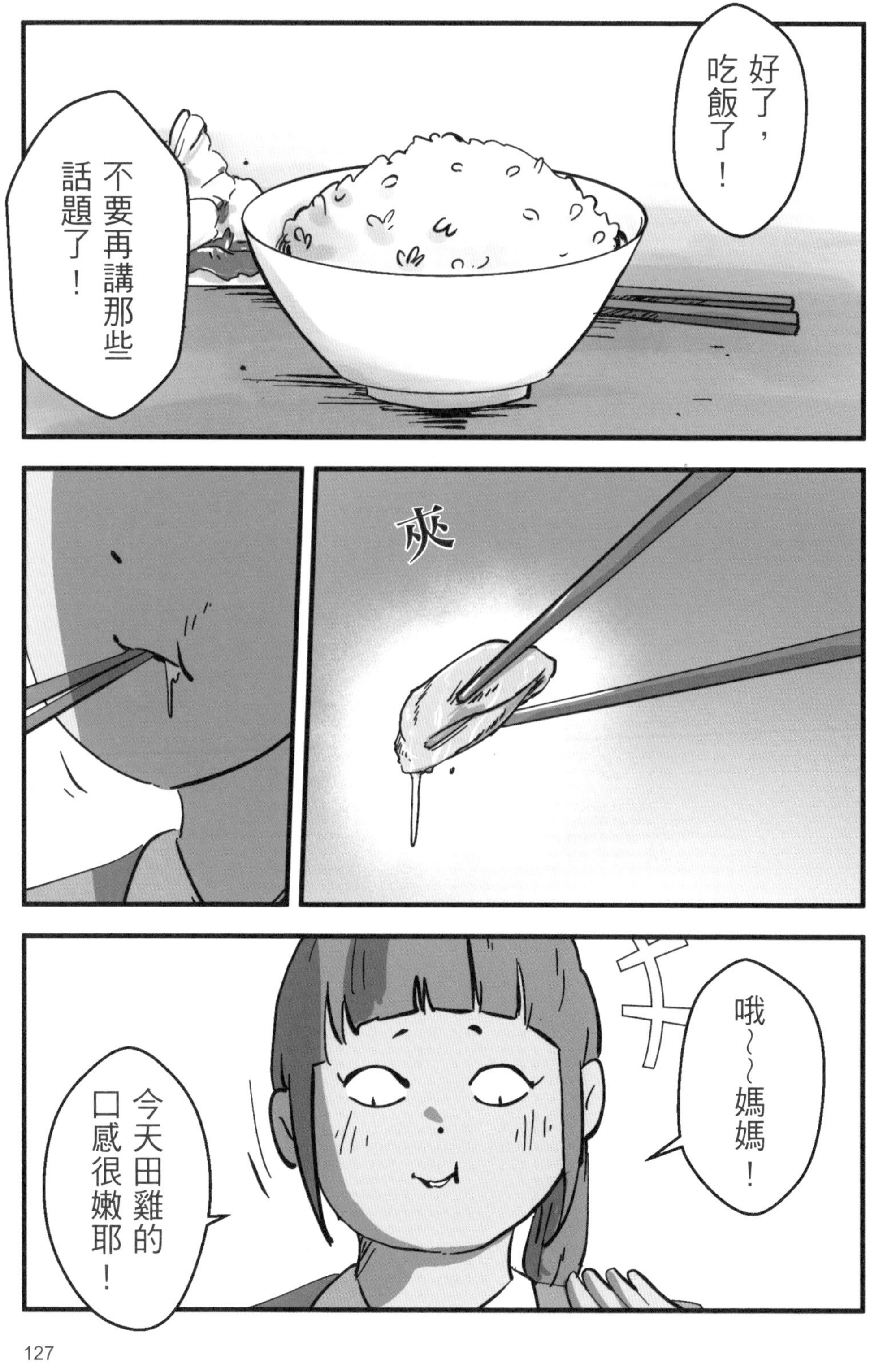
好了，吃飯了！
不要再講那些話題了！
夾
哦～～媽媽！
今天田雞的口感很嫩耶！

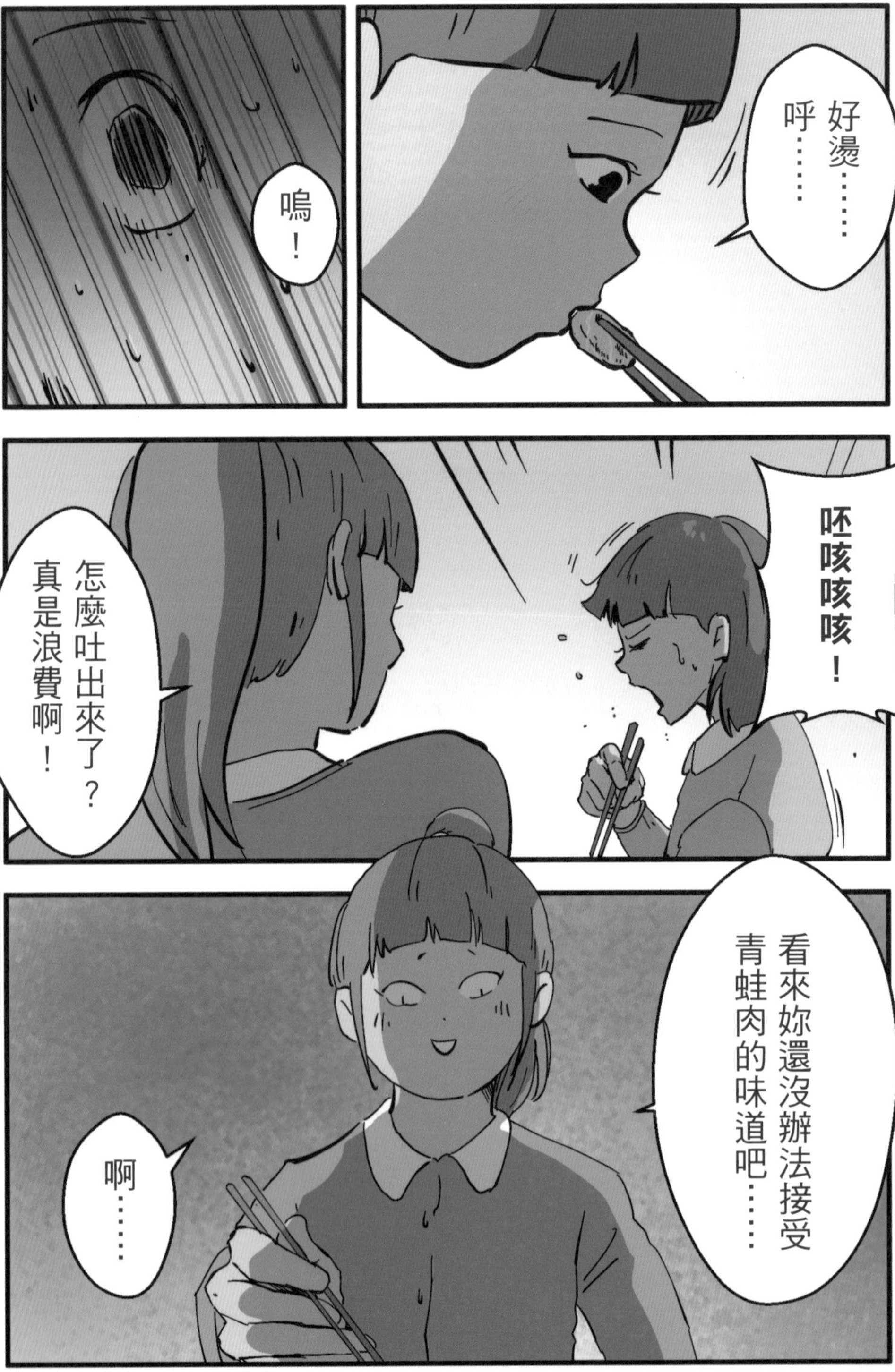
好燙……
呼……
嗚!
呸咳咳咳!
怎麼吐出來了?
真是浪費啊!
看來妳還沒辦法接受
青蛙肉的味道吧……
啊……

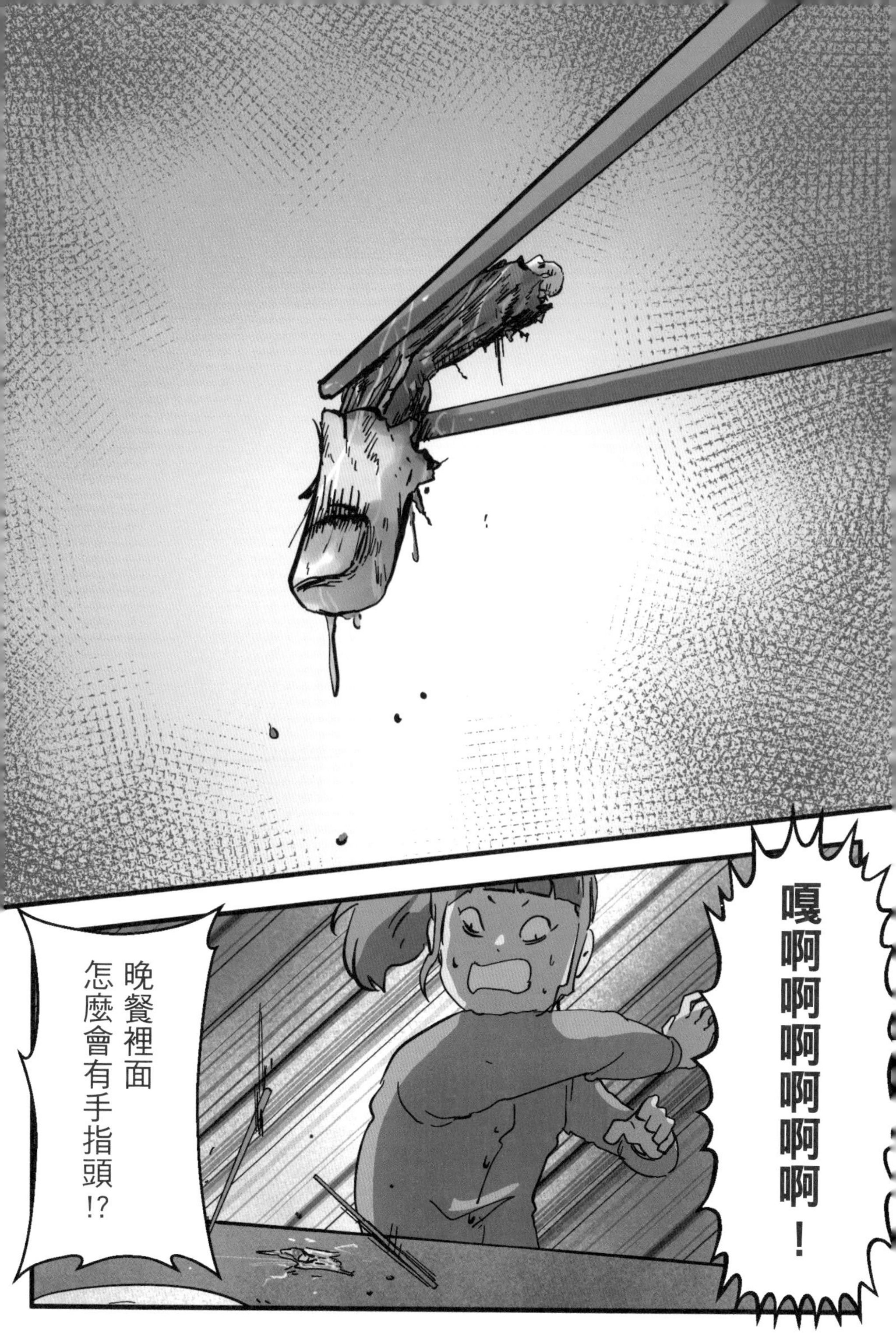
嘎啊啊啊啊啊啊啊！
晚餐裡面怎麼會有手指頭!?

妹妹，不可以吃！快吐出來！
媽～～～～
媽媽！
妳快出來！
真是的……
媽媽，妳有沒有聽到我說話……

啊……
暈過去了……
怎麼回事啊？
到底怎麼了……

那麼萬一青蛙王子就這樣活了下來，
跟其他的青蛙生小孩，
那小孩是人還是青蛙？身上也會有詛咒嗎？
今天有做好吃的田雞哦！
公主為了答謝青蛙的幫忙，親吻了青蛙，結果破除青蛙身上的詛咒……
童話故事裡並沒有提到，王子的詛咒即使在死亡後，依然有效……

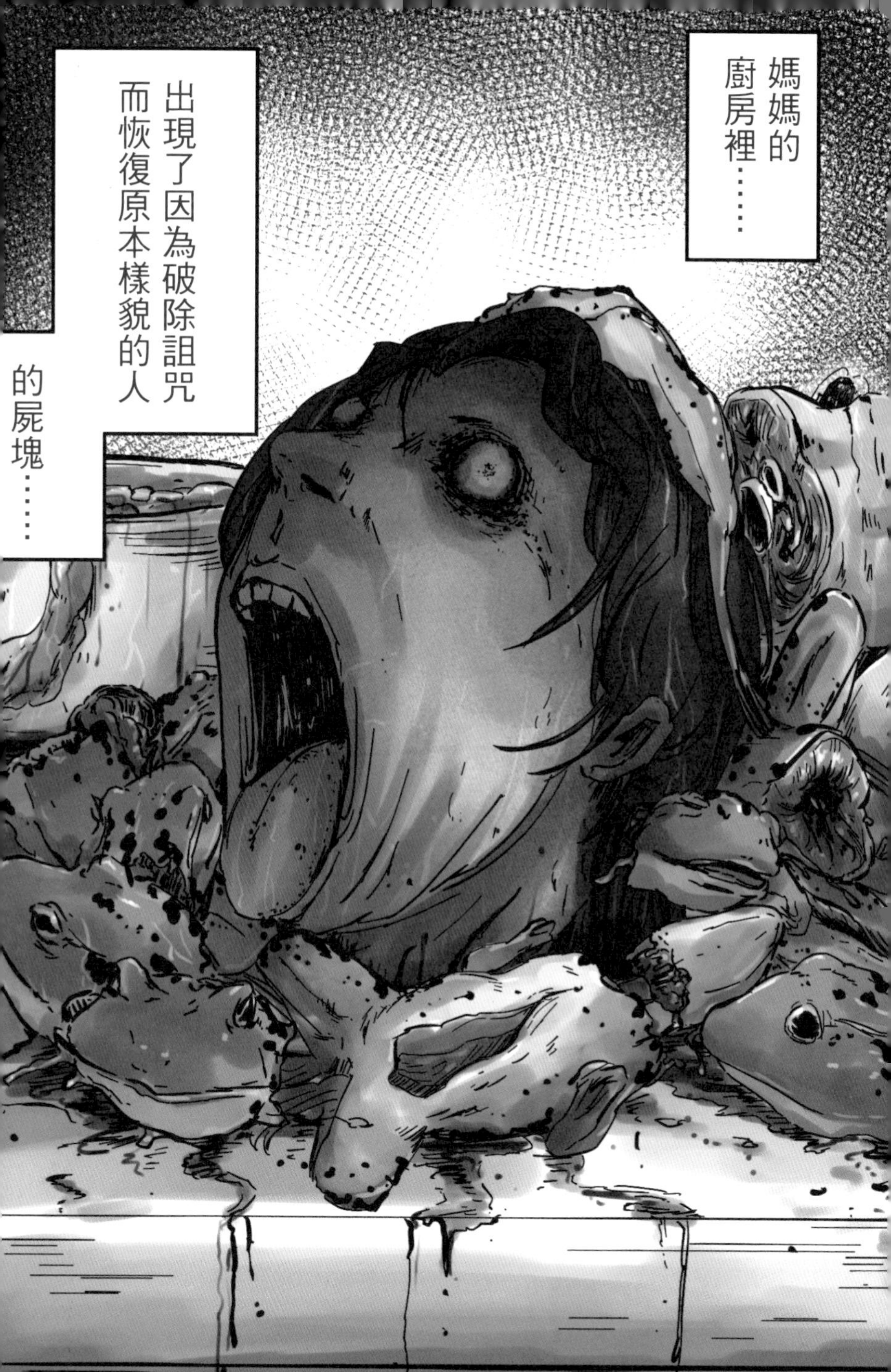
媽媽的廚房裡……
出現了因為破除詛咒而恢復原本樣貌的人的屍塊……

媽媽暈倒的
真正原因。

後記

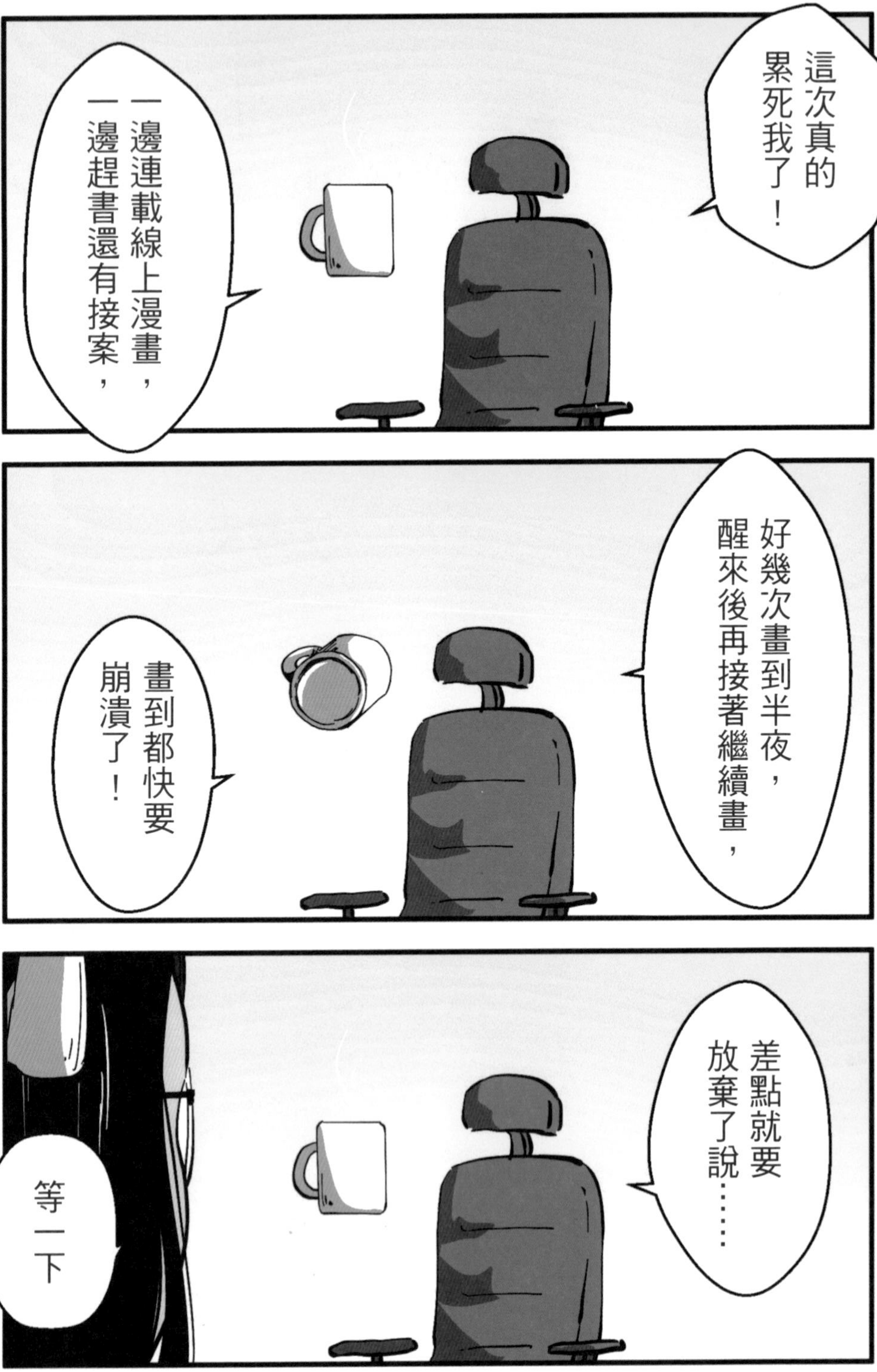
這次真的累死我了！
一邊連載線上漫畫，一邊趕書還有接案，
好幾次畫到半夜，醒來後再接著繼續畫，
畫到都快要崩潰了！
差點就要放棄了說……
等一下

上一頁怎麼人物消失了？
阿慢你是忘記畫上去了嗎？
主編大人，妳有聽過「國王的新衣」嗎？
很久以前，有個非常愛穿新衣服的國王，當時有兩位裁縫師，
向國王介紹了一種愚笨的人看不見的布料……
不是，這跟你的漫畫有什麼關聯？

而我則是使用了只有聰明的人才看得見的特殊顏料！
各位讀者一定都有看到吧！
給我認真畫出來啦！
畫了啦！畫了啦！嘎啊啊啊啊……

是說，這次跟之前的書風格差很多，
是有什麼原因嗎？
一方面是想挑戰自己，也想讓讀者有全新的感受，
另一方面……
是有人曾經這麼對我說……
真好~坐在家裡就有錢賺！

感覺這些圖很簡單，我也畫得出來，
只不過沒人看而已，呵呵……
當下我就決定，要畫一本讓對方不會再說出這種話的漫畫。

謝謝各位看到最後！

在線上連載漫畫好多年
如果是老讀者，這第七本書
應該能感受到我的畫風跟之前比又變很多呢~

今年更是挑戰自己的極限
捨棄以往用可愛動物角色畫圖
直接以人物角色來詮釋鬼故事漫畫
不曉得這樣的風格
大家覺得如何呢？

歡迎來我的任何社群平臺
留言跟我說說你的心得吧~~

百鬼夜行誌
hiphop200177
hiphop200177
hiphop200177.com

也別忘了推薦給你的好友們
我很期待收到大家的回覆
那麼
我們下一本書再見囉~~

FUN系列 100

百鬼夜行誌【童話卷】

作　者—阿慢
主　編—尹蘊雯
責任企劃—吳美瑤
美術協力—FE設計、邵麗如

編輯總監—蘇清霖
董事長—趙政岷
出版者—時報文化出版企業股份有限公司
一〇八〇一九臺北市和平西路三段二四〇號三樓
發行專線—（〇二）二三〇六六八四二
讀者服務專線—（〇八〇〇）二三一七〇五・（〇二）二三〇四七一〇三
讀者服務傳真—（〇二）二三〇四六八五八
郵撥—一九三四四七二四　時報文化出版公司
信箱—一〇八九九臺北華江橋郵局第九九信箱
時報悅讀網—http://www.readingtimes.com.tw
電子郵件信箱—newlife@readingtimes.com.tw
時報出版愛讀者—http://www.facebook.com/readingtimes.2
法律顧問—理律法律事務所　陳長文律師、李念祖律師
印　刷—華展印刷有限公司
初版一刷—二〇二三年八月十八日
初版五刷—二〇二四年八月十三日
定　價—新臺幣二八〇元
（缺頁或破損的書，請寄回更換）

ISBN 978-626-374-090-7
Printed in Taiwan

FAIRY TALE

FAIRY TALE